John Charles Ryle

Dove sono i tuoi peccati?

Antigonos

John Charles Ryle

Dove sono i tuoi peccati?

Ristampa immutata dell'edizione originale del 1869.

1ª edizione 2024 | ISBN: 978-3-38663-474-8

Antigonos Verlag è un marchio della Outlook Verlagsgesellschaft mbH.

Verlag (Editore): Outlook Verlag GmbH, Zeilweg 44, 60439 Frankfurt, Deutschland
Vertretungsberechtigt (Rappresentante autorizzato): E. Roepke, Zeilweg 44, 60439 Frankfurt, Deutschland
Druck (Tipografia): Libri Plureos GmbH, Friedensallee 273, 22763 Hamburg, Deutschland

DOVE SONO I TUOI PECCATI?

DOMANDA PER CIASCHEDUNO

DAL

REV. J. C. RYLE

FIRENZE
TIPOGRAFIA CLAUDIANA
VIA MAFFIA, 33.
—
1869.

DOVE SONO I TUOI PECCATI?

Mostrami il mio misfatto e il mio peccato. Giobbe XIII, 23.
Secondo la moltitudine delle tue com-
passioni cancella i miei misfatti.
Salmo LI, 2
Il sangue di Gesù Cristo suo Figliuolo,
ci purga d'ogni peccato 1 Giov. I, 7.
Cristo Gesù, il quale Iddio ha innanzi
ordinato, per purgamento col suo
sangue, mediante la fede. Romani
III, 25.

La quistione che forma il titolo di questo **trattato** deve far salire varii pensieri nel tuo cuore. Essa concerne ogni uomo, ogni donna nati sopra questa terra. Non devi aver riposo, se non quando potrai dare soddisfacente risposta alla domanda: Dove sono i tuoi peccati?

Quest'oggi, ti chiedo di considerare risolutamente questa domanda. Per alcuni momenti, richieggo la tua attenzione, acciocchè io mi provi a farla penetrare nella tua coscienza. Un tempo si avvicina nel quale a questo quesito dovremo dar risposta. L'ora viene in cui ogni altra quistione sarà come nulla, messa in confronto con questa. Non ci sarà lecito il dire: Dove è il mio danaro? Dove sono le mie terre? Dove è il mio fondo? l'unico nostro pensiero sarà: I miei peccati, i miei peccati, dove sono i miei peccati?

Lettore, ti propongo alcune osservazioni, le quali ti saranno di aiuto per metterti al chiaro sulla gran quistione che tu hai davanti agli occhi. Il voto del mio cuore, e la mia preghiera a Dio, è questo: Siano queste pagine di qualche giovamento all'anima tua. Leggile.

4

Non strapparle. Non darle al fuoco. Leggile sino al fine. Chi può dire, se non lo Spirito Santo, che questo trattato non diventi l' occasione della salute dell'anima tua.

I. La mia prima osservazione è questa: *Tu hai molti peccati.* Lo dico arditamente e senza la menoma esitazione. Non conosco chi sei, non so in qual maniera hai speso il tempo della tua vita passata; ma dalla Parola di Dio so che ogni figlio o figlia di Adamo è un gran peccatore nel cospetto di Dio. Non vi è eccezione, è la comune malattia di tutta la famiglia di Adamo, in qualsiasi paese dell' universo. Dal re sul suo trono, al mendicante sulla strada; dal proprietario nella sua sala, all' agricoltore nella sua capanna; dalla signora nel suo salone, all'umile serva nella sua cucina; dal predicatore nel pulpito, al fanciullo nella scuola domenicale, siamo tutti per natura colpevoli, colpevoli nel cospetto di Dio. *Tutti falliamo in molte cose* (Giacomo III, 2). *Non vi è alcun giusto, non pur uno* (Romani III, 10). *Tutti son diviati, tutti quanti sono divenuti da nulla; non vi è alcuno che faccia bene, neppure uno* (Rom. III, 12). *Se noi diciamo che non v'è peccato in noi, inganniamo noi stessi, e la verità non è in noi* (1 Giovanni I, 8). Il volerlo negare è inutile. Tutti abbiamo peccato e con molti peccati. Dubiti forse della verità di queste parole? Allora va, esamina la legge di Dio come l'ha interpretata il Figlio di Dio stesso. Leggi accuratamente Matteo V, e vedi come i comandamenti di Dio si applicano alle nostre parole, come agli atti nostri ed ai nostri pensieri. Rammentati che *il Signore non riguarda a ciò a che l' uomo riguarda, perchè l'uomo riguarda a ciò che è davanti agli occhi, ma il Signore riguarda al cuore* (1 Samuele XVI, 7). Nel suo cospetto *il pensiero di stoltizia è peccato* (Proverbi XXIV, 9).

Ed ora ritorna alla storia della *tua propria vita* e giudicala, dietro la regola della sua santa legge. Pensa ai giorni della tua infanzia ed a tutte le tue fantasticherie, alle tue ribellioni, alla tua perversità ed alla tua ripugnanza per quello che è buono. Ricordati i giorni della tua giovinezza, la tua ostinazione, il tuo orgoglio, le tue mondane inclinazioni, la tua difficoltà nel raffrenarti, il tuo desiderio per le cose proibite. Rammentati la tua condotta fintantochè sei diventato uomo, i tuoi moltiplici errori per i quali allontanandoti dalla retta via ogni anno ti sei mostrato colpevole. Certamente in faccia alla storia della tua vita, e ad essa riflettendo tu non ti alzerai per dire: Non ho peccato.

Poi, scendi alla storia del *tuo proprio cuore*. Vedi quante cose cattive in esso sono successe, delle quali il mondo non conosce affatto nulla. Rammentati le migliaia di pensieri peccaminosi, d'idee corrotte, nudriti nel tuo cuore anche allorquando la tua condotta esterna era retta, morale, rispettabile. Pensa agli abietti pensieri, ai furbi intenti, ai sentimenti maliziosi, invidiosi, i quali hanno occupato il tuo interno anche allorquando i più vicini a te, erano lungi dal pensare a quanto succedeva. Certamente davanti alla storia del tuo cuore non ti puoi innalzare dicendo: Non ho peccato.

A te che leggi domando nuovamente: Dubiti di quanto dico? dubiti di aver commessi molti peccati? Allora esamina il capitolo xxv dell'Evangelo di San Matteo. Leggi la parte che chiude questo capitolo, nella quale sono descritti i modi di procedere nel giorno del giudizio. Nota con cura quale è il terreno, a sinistra del giudice, sul quale si trova il malvagio condannato al fuoco eterno. Non è fatto parola di grandi, palesi atti di cattivanza da lui commessi. Non è incolpato per avere ucciso, rubato o detta falsa testimonianza od adulterato.

È condannato per peccati di omissione. Il semplice fatto di avere tralasciato l'adempimento di cose che doveva compiere, basta per rovinare in eterno la sua anima. In una parola: un solo peccato di omissione è sufficiente per perdere un uomo nell'inferno.

Ed ora guarda a te stesso colla luce di questo ammirabile passo della Scrittura. Prova di rammentarti le cose innumerevoli che tu dovevi fare e che hai tralasciate; quelle che dovevi dire e che non hai dette; gli atti di rinunciamento che dovevi compiere, ma che hai negletti. Quanti sono essi? Dov'è il bene che potevi fare, la felicità che potevi procacciare con piccolo disturbo di te stesso? Certamente davanti all'insegnamento del Signore sui peccati di omissione, tu non ti puoi alzare per dire: Non ho peccato.

Una volta ancora domando: Dubiti forse della verità di quanto dico? Credo facilmente che tu ne possa dubitare; conosco un poco l'eccessivo acciecamento dell'uomo sopra il suo stato naturale. Ascoltami un'altra volta, tantochè io giunga alla tua coscienza con un altro argomento. Oh volesse Iddio aprirti gli occhi e mostrarti cosa sei! — Siedi, prendi la penna, un foglio di carta e numera i peccati da te commessi, fin dal momento nel quale hai principiato a discernere il bene dal male. Siedi e sommali. Concedi che vi sono state quindici ore sopra ventiquattro nelle quali sei stato sveglio ed essere attivo e responsabile. Concedi che in ciascuna di quelle quindici ore hai fatti almeno due peccati. Certamente non pretenderai che sia ingiusta supposizione.

Rammentati che possiamo peccare contro a Dio col pensiero, colle parole e con i fatti. Ripeto, non si può stimare cosa straordinaria il supporre che in caduna ora, sia col pensiero, sia colla parola, sia coll'atto, tu abbia peccato due volte. Ed ora fa la somma dei peccati della vita tua, e guarda a quanto ammontano.

Nella proporzione di quindici ore al giorno, hai peccato ogni giorno trenta volte. Nei sette giorni della settimana, hai peccato duecento dieci volte; in quattro settimane, od un mese, ottocento quaranta volte; nei dodici mesi dell'anno, diecimila ed ottanta volte. In breve e per non allungare, dal calcolo il più moderato, ogni dieci anni ti ritrovi con più di centomila peccati! — Lettore, considera questa somma. Ti sfido di rigettarla come esagerata. Anzi, se sei persona onesta, devi confessare che in più giorni della tua vita hai peccato di continuo! Ti domando se non sarebbe più esatta la somma, se il numero totale dei tuoi falli venisse moltiplicato dieci volte. Abbandona adunque la tua propria giustizia. Metti da parte quella orgogliosa affettazione che ti fa dire di " non essere tanto malvagio. " Sii libero assai per confessare la verità. Non dare ascolto al vecchio mentitore il diavolo. Certamente davanti a quella somma condannatrice non avrai l'ardire di negare che " hai molti peccati. "

Lascio questa parte del mio argomento e proseguo. Temo che più d'un lettore, volgendo l'occhio sopra quanto è stato detto, rimanga immobile e senza convincimento. Ho appreso, da dolente esperienza, che l'ultima cosa che l'uomo trova e comprende si è, il suo proprio stato davanti a Dio. Dice bene lo Spirito Santo che per natura tutti siamo ciechi, sordi, mutoli, addormentati e morti. Nulla, nulla convincerà giammai l'uomo, di peccato, se non se, la potenza dello Spirito Santo. Mostragli l'inferno, egli non sfuggirà da esso. Mostragli il cielo, ed egli non lo cercherà. Convincilo con avvertimenti, ed ancora non si vorrà muovere. Pungilo nella sua coscienza, e sempre rimarrà incredulo. — Una potenza deve scendere dall'alto per adempiere quell'opera; per mostrare all'uomo cosa egli sia in realtà, è necessario il Santo Spirito di Dio.

Se hai qualche sentimento del tuo proprio peccato, ne devi ringraziare Iddio. Ti trovano dispiacente i pensieri della tua debolezza, della tua malvagità e della tua corruzione? è buon segno ed è cagione di vanto. Il primo passo per doventare veramente buono, è di sentirsi malvagio; la prima preparazione per il cielo, è di riconoscere che non meritiamo altro che l'inferno. Prima di essere numerati fra i giusti, ci dobbiamo riconoscere quali miseri peccatori. Prima di godere interna pace e felicità con Dio, dobbiamo imparare ad essere vergognosi e confusi dei varii nostri trasgredimenti. Prima di poterci rallegrare in una speranza ben fondata, dobbiamo essere ammaestrati nel dire: Dio abbi pietà di me peccatore.

Se ami l'anima tua, guardati di reprimere e soffocare quest'interno pensiero del tuo proprio peccato. In nome della misericordia di Dio, ti supplico, di non calpestarlo, di non schiacciarlo e di non rifiutare di prestarvi la tua attenzione. Bada di ricevere l'avviso dell'uomo di mondo sopra questo argomento. Non pensare che quel sentimento sia il risultato d'una debolezza di spirito, d'una salute mal ferma o di cosa simile. Bada di dare ascolto ai consigli del diavolo su questo; non pensare di superarlo colla bevanda e nella allegrezza; non pensare di scacciarlo colle preoccupazioni di cavalli, di cani, di carrozze; non pensare di purgarlo con balli, conversazioni o concerti. Lettore, se ami l'anima tua, non trattare il primo sentimento di peccato in questa sciocca maniera; non commettere un suicidio spirituale, non essere micidiale dell'anima tua. — Va piuttosto e prega Iddio di mostrarti cosa significa questo sentimento. Domandagli di mandarti il Santo Spirito per insegnarti cosa sei e cosa egli vuole che tu faccia. Va, e leggi la tua Bibbia e vedrai che la cagione del tuo essere infelice si trova nella tua corruzione e malvagità, e che non sei in diritto di aspettarne altro. Chi può dire che quel sentimento non sia una semenza del cielo, la quale, un giorno, porterà nel Paradiso frutti per la tua completa salvazione? Chi può dire che non sia una piccola pietra giungendo dall' alto, davanti alla quale il regno di Satana nel tuo cuore deve crollare, ed una pietra la quale sarà il primo fondamento di un tempio glorioso consacrato allo Spirito Santo? Felice invero è quell'uomo, quella donna che possono andare avanti riconoscendo la verità della mia prima osservazione e dicendo: È vero. Ho molti peccati.

II. Questa è la mia seconda osservazione: *E' della massima importanza di avere i nostri peccati purgati.* Dico questo apertamente e lo dico con certezza. Conosco la moltitudine di cose le quali nel mondo si stimano importanti e ricevono la prima e migliore attenzione dell' uomo. Ma io so quel che mi dico e senza timore io dichiaro che gli affari del mio Maestro devono prender posto prima d'ogni altro affare, e leggo nel libro del mio Maestro che nulla vi ha di maggiore importanza per l'uomo che di avere i suoi peccati perdonati e purgati.

Rammentati che vi è un Dio davanti a te. Nella città non lo vedi, romorio, chiasso, e negozio o commercio sembrano assorbire gli spiriti umani. Non lo vedi nella campagna, l' affittajuolo e l' agricoltore vanno avanti regolarmente, seminano a suo tempo e non mancano mai di mietere; ma, in quel mentre, vi è un occhio eterno il quale dal cielo guarda quaggiù alle azioni dell' uomo, un occhio che non dorme giammai e non sonnecchia. Sì, non vi è solo un re, un governo da ricordare. Ve n'è uno più elevato, molto più elevato di questi, il quale aspetta che il suo debito gli venga saldato. Quello è il Dio altissimo. — Quel Dio è un Dio di infinita *santità*. Ha l'occhio troppo puro per contemplare l'iniquità e non può sopportare quello che è male. Egli vede infermità, difetto dove tu non lo vedi. All'occhio suo i cieli stessi non sono puri. È un Dio di infinita *conoscenza*. Egli conosce ogni pensiero, ogni atto, ogni parola di ciascun figlio di Adamo. Non vi sono segreti nascosti per lui. Quanto pensiamo, facciamo o diciamo è segnato nel libro dei suoi ricordi. — È un Dio di infinita *potenza*. Fece ogni cosa al principio, tutto ordinò secondo la sua volontà. Rovescia in un momento i re della terra, quando egli si adira nessuno può stare davanti al suo cospetto; è un Dio nelle mani del quale sono le nostre vite e quanto ci concerne. Egli ci ha dato il primo l'essere, ci richiamerà quando lo vorrà, egli ha numerate le nostre vie. Tale è il Dio col quale noi abbiamo da fare. Lettore, pensa a queste cose. Quando le consideri, tu certamente sarai spaventato; certamente tu riconoscerai che è della massima importanza di avere i tuoi peccati purgati; certamente ti domanderai come possono stare impedimenti tra quel Dio e te! D'altronde ti rammenta che la morte è davanti a te, non puoi vivere sempre. Un giorno vi sarà un termine ai tuoi piani, ai tuoi progetti, al tuo campare, al tuo vendere, al tuo lavoro ed alla tua fatica. Verrà in casa tua un visitatore il quale non accetterà rifiuto. Dove sono i governatori ed i re i quali reggevano i popoli un cento anni fa? Dove il ricco che fece fortuna ed edificò case? Dove gli agricoltori che coltivavano la terra e mietavano il grano? Dove gli oratori che predicavano? Dove i fanciulli che ruzzavano alla luce del sole come se mai avessero dovuto invecchiare? Dove i vecchi appoggiati sopra i loro bastoni chiacchierando intorno ai dì della loro gioventù? Vi è una sola risposta: Tutti sono morti. Benchè forti, belli, attivi una volta, tutti sono ora polvere e cenere. Benchè potenti, importanti, considerassero i loro affari, tutto è giunto al suo termine. E noi pure scorriamo la stessa via; ancora qualche anno, e noi pure saremo stesi nella nostra fossa. — Pensa a queste cose. Certamente quando tu consideri il tuo fine, tu non pensi che il purgamento dei tuoi peccati sia cosa da nulla; certamente, tu scorgi qualche importanza nella domanda: Dove sono i miei peccati? certamente tu pensi: Come andrò io a morire !

Rammentati ancora che *risurrezione e giudizio ti aspettano*. Tutto non è terminato allorquando tu. hai mandato l' ultimo respiro e che il tuo corpo diventa una massa di terra fredda. No, tutto non è passato, le realtà della esistenza hanno allora principio, le ombre cessano per sempre. La tromba si farà sentire e ti chiamerà fuori del tuo letto stretto. I sepolcri saranno strappati separatamente, e quelli che li occupano saranno citati davanti a Dio. Gli orecchi ribelli alle campane che chiamavano in chiesa, saranno costretti di ubbidire a quella interpellanza. I voleri altieri, che non si sottomisero ad ascoltare sermoni, saranno costretti di ascoltare il giudizio di Dio. Il gran trono bianco sarà posto. I libri saranno aperti, ogni uomo, ogni donna ed ogni fanciullo sarà processato davanti al tribunale. Ognuno verrà giudicato a seconda delle opere sue, e ciascuno riceverà la sua eterna porzione, sia in cielo, sia nell' inferno. Lettore; pensa a queste cose. Tu devi confessare, rammentandoti quel giorno, che l' argomento del quale ci occupiamo merita la tua attenzione. Tu devi riconoscere che è della massima importanza che i tuoi peccati siano purgati; tu ti devi domandare: Come andrò io ad essere giudicato? — Devo dire quanto ho in petto. Provo grande afflizione e gran timore di cuore intorno a molti uomini e donne nel mondo. Temo per molti, i quali si dicono Cristiani e professano il Cristianesimo. Temo per molti, i quali vanno in chiesa ogni domenica ed hanno una certa forma di religione. Temo che essi non scorgano la necessità di essere purgati dai loro peccati. Io vedo che vi sono molte altre cose che essi credono più importanti. Denaro, poderi, terre, cavalli, carrozze, case, matrimoni, famiglie, piaceri. Queste sono le cose che molti considerano come le *prime*, ed inquanto al perdono dei loro peccati, è affare che occupa solo il secondo posto nei loro pensieri.

Vedi l'uomo d'affare come egli ha fissi gli occhi sul suo libro maestro e come ne scorre le colonne! Vedi l'uomo di piacere come egli corre dietro agli eccitamenti di teatri, di giuochi, di balli! Vedi lo stolido agricoltore, come porta gli stipendii con pena guadagnati, alla casa pubblica e li dissipa, rovinando insieme la sua persona e l'anima sua! Vedili tutti ed osserva che ardore mettono a quanto fanno. Poi guardali in chiesa la seguente domenica, svogliati, noncuranti, sbadigliando, dormendo ed indifferenti come se non vi fosse un Dio, un diavolo, un Cristo, un cielo ed un inferno. Osserva quanto è chiaro, che essi hanno lasciato i loro cuori fuori di chiesa. Vedi quanto è certo, che non hanno vero interesse per la religione; poi dimmi ancora se non è vero che molti non sanno l'importanza di avere i loro peccati purgati. Bada, lettore, che questo non sia il tuo caso.

Lettore, pensi tu alla importanza di essere perdonato? Allora, in nome di Dio, ti domando di incoraggiare viemaggiormente quel pensiero. Questo è il punto al quale noi bramiamo di condurre le anime di tutti. Vogliamo farvi comprendere, che la religione non consiste nell' adempimento di certi doveri esterni, nè di certe forme, consiste nell' essere riconciliati con Dio e nel godere pace con lui; consiste nell' essere purgati dai nostri peccati e nell'aver certezza che quel purgamento è stato fatto; consiste nell' essere di bel nuovo ammesso nella amicizia del Re dei re, e nel vivere alla luce di quella amistà. Non dar retta a coloro i quali volentieri ti vogliono persuadere che se solamente ascolti messa e vai in chiesa regolarmente andrai per certo in cielo. Mettilo bene nel tuo spirito, che la vera religione che salva, come ce l'insegna la Bibbia, è cosa del tutto diversa. La sola base del vero cristianesimo è di conoscere che hai molti peccati e meriti l' inferno, e di pensare all' importanza di essere purgato da quei peccati, per potere entrare in cielo.

Felici, dice il mondo, sono quelli che hanno molte case e poderi! Felici quelli che hanno carrozze, cavalli, servi e molti amici! Felici quelli i quali sono vestiti di porpora e di bel lino, si trattano lautamente ogni giorno e non hanno altro da fare se non se, di spendere il loro danaro e di rallegrarsi! — E quale è il valore di simile felicità? Non dà vera nè stabile soddisfazione, neanche al momento del godimento! Dura per pochi anni fintantochè venga la morte, ed allora, in troppi casi, quella così detta felicità si muta in eterna miseria nell' inferno.

Beato, dice la Parola di Dio, *colui la cui trasgressione è rimessa, ed il cui peccato è coperto. Beato l'uomo a cui il Signore non imputa iniquità* (Salmo XXXII, 1, 2). *Beati i poveri in ispirito, perciocchè il regno de' cieli è loro. Beati coloro che fanno cordoglio, perciocchè saranno consolati. Beati coloro che sono affamati e assetati di giu-*

14

stizia, perciocchè saranno saziati (Matteo v, 3, 4, 6). La loro felicità non avrà mai termine, essa non è come una fonte seccata nell'estate, mancando giusto allorquando più grande ne è il bisogno. I loro amici non sono rondinelle pellegrine, che li abbandonano quando giungono le prove. Per il loro sole non vi sarà occaso; la loro gioia germoglia quaggiù, e dà i suoi fiori nella eternità. In una parola, la loro felicità è la vera, perchè dura in perpetuo.

Lettore, credi tu quanto dico? Tutto è vero. Tu vedrai un giorno quali saranno le parole che rimarranno, quelle dell'uomo o quelle di Dio. Sii savio in tempo. Fissa nel tuo cuore in questo istante che la cosa di maggior momento alla quale tu possa attendere è il perdono ed il purgamento dei tuoi peccati.

III. Ecco la mia terza osservazione: *Tu non puoi nettarti dai tuoi peccati*. Questo dico con fiducia, arditamente, e lo lascio come asserto della innegabile verità scritturale. Malgrado l'odio di tutti i Farisei, Cattolici romani, Sociniani, Deisti ed idolatri della ragione o del potere umano, ripeto senza esitazione: I peccati dell'uomo sono molti e grandi. È della massima importanza che quei peccati vengano purgati. La colpa dell'uomo davanti a Dio è enorme. Il pericolo dell'inferno per l'uomo, dopo la sua morte, è imminente e terribile, e ancora: l'uomo non può purificarsi dei suoi peccati. È scritto ed è vero: *Niuna carne sarà giustificata davanti a lui per le opere della legge* (Romani iii, 20).

L'essere afflitto intorno ai tuoi peccati non li porterà via. Puoi piangere sulla tua passata malvagità ed umiliarti col sacco e colla cenere. Tu puoi spargere fiotti di lagrime e riconoscere la tua propria colpa ed il tuo pericolo. Tu puoi, tu devi far quello, ma facendolo tu non cancellerai la tua trasgressione dal libro di Dio. La mestizia non può fare espiazione per il peccato. Il criminale condotto in una corte di giustizia è spesso mesto. Egli vede la miseria e la rovina poste sopra di lui. Rimpiange la sua pazzia nel non aver dato ascolto agli avvertimenti, e nell'essersi lasciato vincere dalla tentazione; ma il giudice non lo libera perchè egli è afflitto. Il male è stato fatto, la legge venne trasgredita, la pena è stata meritata; il castigo deve essere inflitto a malgrado delle lagrime del criminale. Lettore, questa è la tua precisa posizione davanti a Dio; la tua mestizia è retta, buona, ma essa non ha nessun potere per purgarti dai tuoi peccati, ci vuole altro che la penitenza per levare quel peso dal tuo cuore.

Il cambiar vita non toglierà i tuoi peccati. Tu puoi riformare la tua condotta e venire a nuova vita; tu puoi rompere molte cattive abitudini e prenderne delle buone; in una parola tu puoi diventare un altro uomo, in tutta la tua condotta esteriore. Tu puoi e tu devi far questo; senza quel cambiamento nessuna anima venne mai salvata, ma questo facendo non toglierai neppure una parte della tua colpa davanti a Dio. La riforma della vita non fa l'espiazione per il peccato. Il mercante in fallimento che deve 200,000 franchi e non ha dieci soldi per pagarli, può risolversi a riformare il suo carattere. Dopo di aver sciupato tutto il suo bene negli eccessi, può diventare fermo, temperato e rispettabile. Sta bene se fa questo, ma non soddisfarà le richieste di coloro ai quali deve denaro! Una volta ancora dico, questo è precisamente il tuo caso davanti al cospetto di Dio. Tu gli devi 200,000 talenti e non hai nulla per pagarlo. Le ammendazioni del giorno d'oggi sono buonissime, ma non cancellano i debiti di ieri. Ci vuole qualche cosa di più dell' ammenda e della riforma, per darti un cuore illuminato e per liberare la tua coscienza.

Il diventare assiduo alla pratica delle forme della religione non ti purgherà dai tuoi peccati. Tu puoi cambiare le tue abitudini la Domenica, e seguire culti dalla mattina alla sera ; tu puoi fare sforzi, per sentire predicazioni nella settimana. Tu puoi fare la cena del Signore in ogni occasione e dare elemosine e fare digiuni; tutto questo sta bene, è cosa retta e buona di attendere ai doveri di religione ; ma tutti questi mezzi di grazia non ti daranno mai nulla di buono fintantochè tu crederai che essi ti possano salvare. Non saneranno le piaghe del tuo cuore e non ti daranno pace interna. Le cerimonie non possono fare espiazione per il peccato. Una lanterna in mezzo a densa notte è cosa utilissima. Può essere di aiuto al viaggiatore, per fargli ritrovare la via di casa. Può impedirlo di perdere il suo sentiero e preservarlo dal pericolo; ma la lanterna stessa non è il focolare del viaggiatore. L' uomo che si contenta di sedere sulla strada, accanto alla sua lanterna, è in pericolo di morire dal freddo. Lettore, se tu provi di soddisfare alla tua coscienza, attendendo esteriormente ai mezzi di grazia, non sei più avvisato di quel viaggiatore.

Guardare all' uomo per avere aiuto non ti purgherà dai tuoi peccati. Non è nel potere di alcun figlio di Adamo di salvare un'anima altrui. Nè papa, nè cardinale, nè vescovo, nè prete, nè ministro appartenente a qualsiasi Chiesa o denominazione ha il potere di perdonare i peccati. Nessuna assoluzione umana, benchè fatta solennemente, può purgare una coscienza la quale non è purgata da Dio. È bene di domandare consigli ai ministri del Vangelo quando la coscienza è perplessa; è il loro ufficio di ajutare colui che è travagliato ed aggravato e di mostrargli la via della pace. Ma non sta nel potere di nessun ministro di liberare un uomo dalla sua colpa. Noi possiamo solo mostrare il sentiero che deve essere seguito, solo possiamo indicare la porta alla quale ognuno deve picchiare. Ci vuole una mano altrimenti forte di quella dell' uomo, per levare le catene della coscienza e mandare il prigione in libertà. — Il fallito che domanda ad un altro fallito di rimetterlo nei suoi affari perde solo il suo tempo. Il povero che prega un vicino povero di trarlo fuori dalla sue difficoltà, si dà solo fastidio inutilmente. Il prigione non chiede al suo compagno di carcere di dargli la libertà. In questi casi l'aiutare deve procedere da qualchedun altro, il sollievo deve essere dato da altre mani. — Lettore, è proprio lo stesso per il purgamento dei tuoi peccati. Fintantochè tu lo cerchi dall' uomo, ch' ei sia ordinato o no, tu lo cerchi dove non lo puoi trovare. Devi andare più oltre, devi guardare più alto. Non è nel potere di alcun uomo, sopra la terra o nel cielo, di levare dall' animo di un fratello il peso dei peccati. *Niuno può riscuotere il suo fratello nè dare a Dio il prezzo del suo riscatto* (Salmo XLIX, 8).

Lettore, migliaia di gente in ogni età, hanno provato di purgarsi dei loro peccati nei modi sopra citati e sempre hanno provato in vano; migliaia, ne sono persuaso, provano in questo momento, e non si trovano migliorati ma bensì peggiori. Salgono un erto precipizio, faticando di molto e sdrucciolando, sempre ritornano al punto di partenza. Versano acqua in una botte bucata, lavorando con diligenza, ma non più vicini al termine del lavoro, che allorquando principiarono. Spingono una barchetta contro a rapida corrente, vogando con forza, ma in realtà indietreggiano ad ogni istante. Provano di edificare un muro con arena, e, sopraffatti dalla fatica, vedono il loro

18

lavoro crollare sopra di essi a misura che lo innalzano. Si sforzano di fare asciutta una nave che cola a fondo, l'acqua aumenta e presto saranno affogati. Tale è, in tutto il mondo, l'esperienza di quelli che pensano di purificarsi dai loro peccati. Lettore, sii avvertito oggi. Non essere uno di loro. — Bada di credere che la penitenza, la riforma della vita, le cerimonie, la furberia sacerdotale ti possano dar pace con Dio. Non lo possono fare. Quello che pretendesse che lo possono non conosce due cose: Non sa la lunghezza e la larghezza dei peccati dell'uomo, non può comprendere la altezza e la profondità della santità di Dio. Sopra la terra, non ha mai esistito l'uomo o la donna, il quale abbia provato di liberarsi dai suoi peccati e con quell'operare abbia conseguito alcun sollievo.

Lettore, se, colla tua esperienza, hai provato questo, sii sollecito nel farne parte ad altri. Mostra loro, come meglio tu puoi, la loro colpa ed il loro pericolo. Di' loro l'importanza immensa di essere purgati dai loro peccati. Ma avvertili di non perdere tempo nel cercare di farlo in modo illegittimo. Avvertili, contro i furbi avvisi di legalità e dei suoi compagni, così ben descritti nel Pellegrinaggio del Cristiano. Mettili in guardia contro i falsi rimedii e le supposte medicine per l'anima. Mandali verso la vecchia porta, descritta dalla Scrittura, benchè stretta e difficile sembri la via. Di' loro che è il vecchio sentiero e la buona via e, checchè ne dica l'uomo, è la sola via per ottenere il purgamento dei nostri peccati.

IV. La quarta osservazione che ho da fare è questa: *Il sangue di Cristo ci purga da tutti i nostri peccati.* Entro in questa parte del mio scritto con cuore pieno di riconoscenza. Benedico Iddio, perciocchè, dopo di avervi presentata la terribile natura della vostra malattia spirituale, sono atto a mettere sotto agli occhi vostri un rimedio onnipossente. Insisto per alcuni minuti sopra quel rimedio, perciocchè non vi devono essere incertezze o misteri nelle tue idee intorno a questo sangue. Quando parli, o senti parlare, del sangue di Cristo, devi sapere appieno che cosa significhi simile espressione.

Il sangue di Cristo, è quel sangue di vita il quale sparse Gesù, quando egli, per i peccatori, morì sopra la croce. È il sangue che stillò gratuitamente dal suo capo punto dalle spine, dalle sue mani e dai suoi piedi trafitti dai chiodi, e dal suo costato percosso dalla lancia, nel giorno in cui venne crocifisso ed ucciso. La quantità di quel sangue pare essere stata piccola. L' apparenza di quel sangue era certamente come quella del nostro, epperò giammai sin dal giorno nel quale Adamo venne formato dalla polvere della terra, alcun sangue di tanto valore, venne sparso per la universale famiglia umana.

Era un sangue *da lungo tempo stipulato e promesso.* Nel giorno in cui il peccato s' introdusse nel mondo, Iddio pieno di misericordia disse: " *La progenie della donna triterà il capo del serpente.* " Uno, nato da donna doveva apparire un giorno e liberare i figli di Adamo dalla potenza di Satana. Quel seme della donna, era il nostro Signore Gesù Cristo. Nel giorno in cui egli sofferse sopra la croce, trionfò di Satana e compì la Redenzione del genere umano. Quando Gesù sparse il suo sangue di vita sulla croce, la testa del serpente fu tritata e l' antica promessa compiuta.

Era un sangue *da lungo tempo ricordato con tipi e con figure.* Ogni sacrifizio offerto dai patriarchi era una testimonianza della loro fede in un sacrificio più grande e futuro. Ogni spargimento di sangue, di agnelli e di

montoni, sotto alla mosaica legge, raffigurava la morte
del vero Agnello di Dio, per i peccati di tutto il mondo.
Quando Cristo fu crocifisso, queste figure e questi tipi
ricevettero il loro completo adempimento; il vero sacrificio per il peccato era offerto, il vero sangue espiatorio
fu finalmente sparso, e da quel giorno le offerte della
legge mosaica non erano più necessarie, la loro opera
era terminata, potevano essere lasciate in disparte.

Era un sangue *di merito e di valore infinito nel cospetto di Dio.* Non era il sangue d'uno che non fosse
nulla di più che un sant'uomo, ma d'uno che era l'u-
guale di Dio, vero Dio. Non era il sangue d'uno che
morisse involontariamente come un martire della verità,
ma di uno che volontariamente intraprese d'essere il
sostituto ed il rappresentante della umanità, per portare
i suoi peccati e le sue iniquità. Quello fece espiazione
per le trasgressioni degli uomini. Quello pagò a Dio il
debito enorme di ognuno di noi, quello procurò una via
di giusta riconciliazione tra l'uomo peccatore ed il suo
santo Creatore. Quello fece una strada tra il cielo e la
terra, per la quale Dio potesse scendere verso l'uomo e
mostrargli la sua misericordia; quello fece altresì, una
strada dalla terra al cielo, per la quale l'uomo potesse
avvicinarsi a Dio senza timore. Senza quello non vi po-
teva essere remissione dei peccati. Con quello è stata
aperta una fonte alla quale i peccatori si possono lavare
ed essere purificati per tutta la eternità.

Lettore, quel sangue di Cristo ti può purgare da qualsiasi peccato, non importa quali essi furono: *Quando
i vostri peccati fossero come lo scarlatto, saranno imbian-
cati come la neve; quando fossero rossi come la grana,
diventeranno come la lana* (Isaia I, 18). Peccati di
giovinezza e della età matura, peccati di ignoranza e di

conoscenza, peccati palesi e vizi segreti, peccati contro alla Legge e contro all' Evangelo, peccati di testa, di cuore, di lingua, di pensiero, di fantasia, da tutti il sangue di Cristo ci libera. Per quel fine egli era preparato.

Per quella cagione fu sparso, e per quello è tuttora una fonte aperta per l'intiera umanità. Quello che tu non puoi fare da te può essere fatto in un momento da questa fonte preziosa: Tu puoi essere purgato da tutti i tuoi peccati. In quel sangue sono stati lavati tutti i credenti morti fino ad ora, principiando da Abele, il primo del quale leggiamo la storia, giù, fino a quello il quale si è addormentato oggi, tutti hanno *lavate le loro stole, e le hanno imbiancate nel sangue dell' Agnello* (Apocalisse VII, 14). Neppur uno si è purificato per la sua propria forza o la sua bontà, tutti *hanno vinto per il sangue dell' Agnello* (Apocalisse XII, 11); e la loro testimonianza nel cielo è chiara, *tu sei stato ucciso e col tuo sangue ci hai comprati a Dio d' ogni tribù, e lingua, e popolo, e nazione* (Apocalisse V, 9).

Per quel sangue, tutti i credenti viventi, hanno pace e speranza. Per esso, hanno l' ardire di entrare nel luogo santissimo; per esso, sono giustificati ed avvicinati a Dio; per esso, le loro coscienze sono intieramente purgate e vivono in santa fiducia; per esso, tutti i fedeli sono d'accordo benchè possano differire sopra altri punti, episcopali, presbiteriani, battisti, metodisti, tutti convengono che il sangue di Cristo è quello soltanto, che può purificare le anime nostre; tutti convengono che da per noi siamo " miserabili, poveri, ciechi, nudi, " ma tutti convengono che nel sangue di Cristo, il più grande dei peccatori può essere purificato. — Lettore, vuoi tu sapere per qual fine noi ministri dell' Evangelo siamo stabiliti? Per mostrare agli uomini il sangue di Cristo, e se non lo mostriamo di continuo, non siamo veri ministri dell' Evangelo. Lettore, vuoi sapere quale è il desiderio del nostro cuore, e la preghiera dell' anima nostra, per quelli ai quali ministriamo? Li vogliamo condurre al sangue di Cristo. Non siamo contenti di vedere le nostre chiese ripiene, le nostre congregazioni numerose e l'opera nostra fiorente esternamente. Vogliamo vedere uomini e donne giungere alla gran fonte per il peccato e la sozzura, e lavare le loro anime, acciò siano purificate. Qui solamente vi è pace per l' uomo interno; qui solamente è il segreto della felicità del cuore. — Non vi è dubbio, abbiamo in noi una sorgente di male e di corruzione, ma, benedetto sia Iddio, vi ha un'altra fonte di maggiore possanza ancora: il sangue prezioso dell' Agnello, ed in questo lavandoci ogni giorno siamo purgati da ogni peccato.

V. La mia quinta ed ultima osservazione è questa: *La fede è assolutamente necessaria ed è la sola cosa necessaria per renderti partecipe dei benefizii del sangue di Cristo.* Lettore, richiamo sopra questo punto la tua attenzione, imperciocchè qui un errore funesto è spesso di rovina per l' anima. Tu devi considerare chiaramente il vero mezzo di unione tra Cristo e l' anima tua. Quel mezzo è la fede.

L' essere membro della Chiesa, ed il ricevere i sacramenti non prova che tu sii lavato nel sangue di Cristo. Migliaia d' individui hanno un posto di adoratori di Cristo nelle sue chiese, e ricevono la Santa Cena dalla mano di ministri cristiani, e mostrano, non pertanto chiaramente, di non essere purgati dai loro peccati. Non sprezzare quei mezzi di edificazione e di grazia, se desideri di essere salvato, ma non dimenticare mai, che l' essere membro di una Chiesa non significa:

aver la fede. — La fede è necessaria per farti partecipe del beneficio del sangue purificante di Cristo. Egli è chiamato una *propiziazione per la fede nel suo sangue* (Rom. III, 25). *Quello che crede in lui ha vita eterna* (Giov. III, 36). Per esso tutti quelli che credono sono giustificati di ogni cosa: *Essendo giustificati per fede, abbiamo pace appo Dio per Gesù Cristo nostro Signore* (Rom. V, 1). La sapienza di tutto il mondo non troverà mai miglior risposta, ad una ansiosa domanda, di quella data da Paolo al prigioniero di Filippi: *Credi nel Signor Gesù Cristo, e sarai salvato* (Fatt. XVI, 31). Sei convinto di peccato? dice l' Evangelo; vedi che sono numerosi i tuoi peccati, e che sei degno dell' inferno? Rinunci alla speranza di purificarti da te, per la tua propria potenza? — Allora, tu sei l' uomo per il quale l'Evangelo provvede. Contempla il sangue espiatorio di Cristo. Credi solo in lui, ed in questo giorno tu sarai intieramente perdonato. Credi, ed in questo istesso momento i tuoi peccati saranno cancellati. Vi sono queste due sole cose: Credere e ricevere, credere ed essere purgato. Lascia quei tali che chiamano questa dottrina sogno e pazzia. Sono lieto di chiamarla con altro nome, è il glorioso Evangelo della grazia di Dio.

Lettore, ti prego di non frantendere il mio pensiero quando parlo così della fede. Non dico che nell' uomo, cui sono cancellati i peccati, non vi sia che la fede solamente. La fede che salva non è sterile, non è una grazia unica, ha sempre per compagne la penitenza e la santità; ma dico che per la nostra giustificazione davanti a Dio la fede rimane intieramente sola. La fede principia, la fede ci porta avanti, la fede porge le grida del peccatore al Salvatore. Per fede siamo giustificati, per fede le anime nostre si immergono nella fonte preparata per il peccato, per fede noi viviamo e per fede stiamo ritti. — Lettore, non ci vuole nulla affatto, accanto a questa fede, per la tua completa giustificazione e per il purgamento dei tuoi peccati. Lascia questo pensiero penetrare avanti nella tua mente.

Dov' è l' uomo il quale brami di godere di un vero conforto? Cerchi di avere un'idea semplice e chiara della fede che salva. Badi a quei dati oscuri, confusi di fede, per i quali tanti sono nella disperazione d' animo! Abbandoni il pensiero che la fede sia un semplice atto della sua intelligenza! È, invece, il riposo di un capo stancato sopra il seno di un onnipotente amico. Abbandoni ogni idea di lavoro, di merito, di opera, di pagamento, di compra, nell' atto di credere in Cristo! Intenda bene che la fede non dà ma prende, non paga ma riceve, non compra ma è arricchita. È l' occhio che guarda al serpente di bronzo, e guardando ottiene vita e salute. È la bocca che beve il rimedio, e bevendolo riceve forza e vigore per tutto il corpo. Questa e nulla altra che questa è la vera idea della fede che salva. Questa e questa sola è la fede che ti è domandata, acciò tu abbia parte ai beni recatici dal sangue di Cristo. — Credi in quella maniera, ed i tuoi peccati sono nel momento cancellati.

Lettore, *nulla eccetto quella fede* ti renderà partecipe del sangue espiatorio di Cristo. Tu puoi andare ogni giorno in chiesa, tu puoi invocare spesso il nome di Cristo, tu puoi ricevere i sacramenti da Cristo istituiti; ma, con tutto quello, senza la fede non hai nulla di comune con Cristo, senza fede il sangue di Cristo è per te sparso in vano.

Non passo senza protestare solennemente contro alle idee moderne che prevalgono sopra questo argomento.

Protesto contro all' opinione da molti patrocinata che, cioè, altri sono salvati da Cristo oltre a quelli *i quali credono*. Si fanno da molti, vani trattenimenti sulla misericordia e l'amore di Dio, quasichè noi evangelici negassimo quelle gloriose verità! Non le neghiamo punto, le manteniamo al pari di chicchessia. Non cediamo il posto a nessuno sopra quest' argomento, ma del tutto neghiamo che Iddio sia il Padre spirituale di alcuno, eccetto di quelli che sono i suoi *figli per la fede in Cristo Gesù*. Del tutto neghiamo che l'uomo possa ricevere conforto da Dio, se egli non crede in quello per cui l'amore di Dio è stato manifestato cioè a dire in Gesù Cristo il suo caro Figlio. Il sangue espiatorio del Figlio di Dio è la grande prova del suo amore verso i peccatori. — Il peccatore che vuole essere salvato, deve avere affari personali con quello che sparse il suo sangue per lui. Per fede personale si deve lavare in quel sangue; per fede personale ne deve bere; senza quella fede non vi può essere salute. Lettore, vuoi tu sapere il grande oggetto che i ministri hanno davanti agli occhi allorchè predicano? Predicano che voi crediate. La fede è quello che desideriamo di veder prodursi nelle anime vostre, e nata, è quella ancora che bramiamo di vedere accresciuta. Ci rallegriamo nel vedervi giungere regolarmente ad ascoltare la predicazione dell' Evangelo. Ci rallegriamo nel vedere numerose congregazioni di adoratori di Cristo; ma la fede, la fede è il gran risultato che bramiamo di vedere nelle anime vostre. Senza fede non possiamo essere tranquilli con voi. Senza fede siete in pericolo imminente di andare all' inferno. Proporzionata alla vostra fede sarà la forza del vostro Cristianesimo; porporzionato al grado della vostra fede sarà l'aumento della vostra pace e della vostra speranza. Non ti stupire adunque, o lettore, se non vi è nulla che ci occupi maggiormente della tua fede.

Mi affretto di conchiudere, ho provato di mostrarti cinque cose:

1. Che hai molti peccati.

2. Che è della massima importanza di essere da quelli purgati.

3. Che da per te non li puoi cancellare.

4. Che il sangue di Cristo ci purga da ogni peccato.

5. Che la fede sola è necessaria, ma assolutamente necessaria, per darti qualche partecipazione al sangue di Cristo. Ti ho detto quale è la verità di Dio, verità nella quale spero di vivere e di morire, e domando a Dio che il suo Santo Spirito riveli con grande potenza questa verità a molte anime.

Ed ora termino queste righe con tre parole di ammaestramento. Gli anni nostri passano presto. Viene la notte nella quale nessuno può lavorare. Ancora un po' di tempo, ed il nostro posto, in un altro mondo, sarà fissato per tutta l' eternità. Ancora qualche anno, e tutti saremo in cielo o nell' inferno. Certo questo fatto basta per farci riflettere.

1. La mia prima parola di applicazione sarà una *domanda*. La rivolgo indistintamente a tutti coloro i quali leggeranno questo trattato. È una domanda che concerne ogni uomo, ogni donna, ogni fanciullo, qualunque sia il loro rango e la loro posizione. È la domanda che serve di titolo a questo trattato: Dove sono i tuoi peccati? Rammentati, lettore, che io non ti domando: Che cosa tu chiami la tua religione? non ti domando: Chi vai a sentire predicare? a quale partito appartieni, o quali sono le tue particolari opinioni intorno alla Chiesa ed alle dissensioni? Lascio quelle quistioni. Sono stanco di ve-

dere quanto tempo, molti e molti sciupano colpevolmente intorno a simili argomenti. Sono per la realtà e la sostanza del Cristianesimo. Voglio fissare la tua attenzione sopra le cose che saranno importanti all' ora della tua morte e nell' ultimo giorno, e dico che una delle prime domande che tutti ci dobbiamo fare si è: Dove sono i miei peccati? Non domando cosa pensi, cosa credi o cosa speri; quale sia il tuo scopo nei giorni futuri; lascio tutto quello ai fanciulli ed ai pazzi. Domani è il giorno del diavolo, oggi è quello di Dio. Ed ora, come davanti a Dio, in questo giorno nel quale tu leggi le mie righe, ti domando di trovare una risposta alla quistione: Dove sono i miei peccati? Bada a quanto sto per dire. In questo momento vi sono solo due posti nei quali si possono trovare i tuoi peccati, e sfido l' umana sapienza di trovarne un terzo. Dei due l' uno: i tuoi peccati sono *sopra di te* non perdonati, non rimessi, non purgati, non lavati avvicinandoti all' inferno; o i tuoi peccati sono *sopra di Cristo* lavati, rimessi, perdonati, purgati dal suo sangue prezioso. Del tutto sono incapace di trovare un terzo posto nel quale possano stare i peccati dell'uomo. Rimessi o non rimessi, perdonati o non perdonati, purgati o non purgati, questo secondo la Bibbia è lo stato vero dei peccati di ciascheduno. Lettore, come sta con te? Dove sono i tuoi peccati? Ti prego di mettere questa domanda nel tuo cuore e di non darti riposo che prima tu possa dare una risposta. Ti supplico di esaminare il tuo proprio stato spirituale e di vedere come stai davanti a Dio. Basta il tempo passato per la noncuranza e l' incertezza intorno all' anima tua: salvala, salvala per sempre. Basta il tempo passato per una religione esteriore e vana: lasciala, lasciala per sempre. Sii vero e compiuto; pensa col tuo spirito come essere ragionevole; pensa come uno che rifletta, che gl' interessi eterni sono in quistione; pensa come uno che non vuole più a lungo vivere nella incertezza; deciditi oggi a trovare una risposta alla mia domanda: Dove sono i tuoi peccati? Sono essi sopra di te o sopra di Cristo?

2. La mia seconda parola di applicazione sarà una *invitazione*. La rivolgo a quanti si credono incapaci di dare risposta soddisfacente alla mia domanda; l' indirizzo a quanti si credono peccatori, perduti, condannati e non preparati a morire. Questa invitazione fa la gloria dell' Evangelo. Io dico: Vieni a Cristo e sii senza indugio purgato nel suo sangue. — Non so che cosa sei stato nella tua vita passata, non importa. Puoi avere trasgredito ogni comandamento, puoi aver peccato sapendolo, puoi avere sprezzati gli avvertimenti di un padre e le lagrime di una madre; ti puoi essere abbandonato ad ogni maniera di eccesso, ad ogni sorta di abominazione; puoi avere voltate la spalle a Dio, al suo giorno, alla sua casa, ai suoi ministri, alla sua Parola, dico di bel nuovo, non importa. Credi tu ai tuoi peccati? Ne sei dispiacente, vergognoso, stanco? Allora vieni a Cristo, precisamente quale tu sei, ed il sangue di Cristo ti netterà. — Ti vedo languente, dubbioso, pensando la novella troppo buona per essere vera. Odo Satana susurrare nel tuo orecchio: " Tu sei troppo cattivo, sei troppo corrotto per essere salvato. " Ti prego, nel nome di Dio, di non dar retta a simili dubbii; ti rammenta che Satana è sempre un bugiardo; una volta ti disse che era troppo presto per pensare alla religione, ed ora pretende che sia troppo tardi. Ti dico, con sicurezza, che Cristo è capace di salvare dal più gran peccato, tutti quelli, i quali per lui vengono a Dio. Ti accerto che ne ha ricevuti, purificati e perdonati migliaia cattivi quanto te; non

cambia mai, vieni solo a lui ed il suo sangue ti purificheià da ogni peccato. — Tu non sai in che modo seguire il mio consiglio, non sai quale strada prendere? Va e dillo al Signor Gesù Cristo; cerca un posto solitario ed apri il tuo cuore davanti a lui; digli che sei un povero peccatore, che tu non sai come pregare, nè cosa fare, nè cosa dire; ma digli che hai sentito del sangue che purifica da ogni peccato, e domandagli di purificare l'anima tua. Segui il mio avviso, ed un giorno potrai ripetere: Gli è vero che il sangue di Cristo ci purga da tutti i nostri peccati. — Lettore, per l'ultima volta presento la mia invitazione. Sono sulla nave della vita accanto agli avanzi ai quali ti attieni, ti invito ad entrare. Il giorno è tosto passato, viene la notte; le nuvole si addensano, le onde salgono; ancora un po' di tempo, ed il vecchio avanzo di questo mondo sarà rovinato: vieni nella nave della vita, vieni e sii salvo. Vieni a lavarti nel sangue di Cristo per essere puro. Vieni col fascio dei tuoi peccati e li deponi ai suoi piedi; egli li prenderà, ti purificherà, ti perdonerà; credi solo e sarai salvo.

3. L'ultima parola è di *esortazione*. È per quelli ai quali lo Spirito Santo ha detto di pensare ai loro peccati e di aver fede nella speranza che presenta l'Evangelo. La rivolgo a tutti quelli i quali hanno fatto scoperta della grande verità, che, cioè, sono colpevoli peccatori, ed hanno lavati i loro peccati nel sangue di Cristo. Questa esortazione sarà breve e semplice. Unitevi a Cristo, unitevi a Cristo e non mai dimenticate il vostro debito inverso a Lui. Peccatori eravate, allorquando foste per la prima volta chiamati dal Santo Spirito; peccatori siete stati anche nel miglior giorno dal momento della vostra conversione; peccatori vi troverete al momento della morte, non avendo alcun che da millantarvi.

Perciò unitevi a Cristo, fate uso ogni giorno del suo sangue espiatorio. A lui andate ogni mattina, come al vostro mattutino sacrifizio, confessando il vostro bisogno dell' opera sua. A lui ricorrete ogni sera dopo il chiasso del giorno, e supplicate per una nuova assoluzione. Ogni sera, dopo il contatto col mondo, lavatevi alla grande sorgente. *Chi è lavato non ha bisogno se non di lavare i piedi, ma è tutto netto* (Giov. xiii, 10). Ma i piedi devono essere lavati. — Unitevi a Cristo, e mostrate al mondo quanto l' amate. Mostratelo, colla ubbidienza ai suoi commandamenti; mostratelo, seguendo il suo esempio. — Lavorate per il vostro Maestro, con amore, per mezzo della santità, della temperanza; fate vedere al mondo intiero che quello al quale è più rimesso, ama più, e che quello che ama più è quello che lavora maggiormente per Cristo (Luca vii, 47). — Unitevi a Cristo, e sia grande il vostro pensiero della espiazione fatta dal suo sangue sulla croce; sia grande il vostro pensiero intorno alla sua incarnazione, al suo esempio, ai suoi miracoli, alle sue parole, alla sua risurrezione, alla sua intercessione ed al suo futuro ritorno; ma al disopra di ogni altra cosa, pensate al sacrifizio di Cristo ed alla propiziazione fatta per mezzo della sua morte. Non esser mai svergognati di lasciar vedere che tutto il vostro conforto deriva dal sangue espiatorio di Cristo e dalla sostituzione che, per voi, fece sulla croce.

Unitevi a Cristo e pensate maggiormente alle verità fondamentali che si riferiscono alla salute per il suo sangue; queste sono le vecchie amiche che le anime nostre considereranno, all'ultimo momento della dipartenza. Queste sono le vecchie dottrine, sopra le quali appoggeremo le nostre teste malate, allorquando la vita si ritirerà, e la morte prenderà il suo posto. Allora, non ci domanderemo, se siamo stati episcopali, presbiteriani ecc.; non troveremo conforto nelle nuove invenzioni umane, nelle cerimonie o nelle forme; nulla ci potrà far del bene, se non il sangue di Cristo. Nulla ci sosterrà, se non se, la testimonianza dello Spirito Santo, la quale ci dirà: Nel sangue di Cristo siete stati lavati, e per mezzo di quel sangue siete stati perdonati.

Lettore, a te raccomando di pensare a queste cose; se prima non le hai conosciute, siine ben presto informato. Se nel tempo passato ti furono rivelate, possa tu conoscerle meglio ancora nel futuro; non possiamo mai sapere troppo bene la retta risposta alla grande domanda: Dove sono i tuoi peccati?